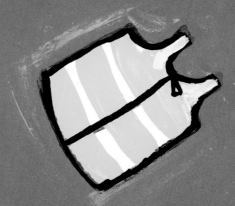

Traducido por Edelvives

Título original: *Kaatje op de fiets*
© Editorial Clavis Uitgeverij, Hasselt-Amsterdam, 2012
© De esta edición: Grupo Editorial Luis Vives, 2015

ISBN: 978-84-263-9365-4
Depósito legal: Z 1689-2014

Impreso en Italia.

LAURA MONTA EN BICICLETA

Liesbet Slegers

EDELVIVES

HOLA, SOY LAURA
Y ESTA ES MI BICICLETA.
MI BICI TIENE UN MANILLAR,
UN SILLÍN, RUEDAS, PEDALES
Y UN TIMBRE. "RING, RING".
TAMBIÉN TIENE UNA CESTA
PARA LLEVAR A CONEJITO.

ME VOY CON PAPÁ
A DAR UNA VUELTA.
PRIMERO ME PONGO EL CASCO.
EL CASCO PROTEGE MI CABEZA
POR SI ME CAIGO.
¿A QUE SE ME VE MÁS PREPARADA?

TAMBIÉN ME PONGO
EL CHALECO FLUORESCENTE.
ES AMARILLO BRILLANTE.
ASÍ TODO EL MUNDO ME VERÁ
CUANDO VAYA A CASA
DE LA ABUELA.

¡POR FIN ME SUBO EN LA BICI!
PONGO LOS PIES EN LOS PEDALES
Y EMPUJO.
¡HURRA, ESTOY MONTANDO!
LOS RUEDINES ME AYUDAN
A NO CAERME.
—SE TE DA MUY BIEN, LAURA
—DICE PAPÁ—. QUÉDATE CERCA
DE MÍ Y EN LA ACERA, ¿VALE?

PAPÁ Y YO PRESTAMOS ATENCIÓN
TODO EL RATO.
VOY DESPACIO Y TAMBIÉN SÉ
USAR LOS FRENOS.
HE PRACTICADO MUCHO EN CASA.
—¡BIEN HECHO! —ME ANIMA PAPÁ—,
TE PARAS ENSEGUIDA.

—SIEMPRE HAY QUE PARAR
EN EL SEMÁFORO
Y MIRAR ANTES DE CRUZAR
—ME EXPLICA PAPÁ—.
CUANDO EL MUÑECO ESTÁ ROJO
HAY QUE ESPERAR.
LOS COCHES PUEDEN PASAR
SI SU SEMÁFORO ESTÁ VERDE.

¡MIRA, EN ESE COCHE! ¡ES NACHO!
ÉL TAMBIÉN ME HA VISTO
Y ESTÁ SALUDANDO.
—HOLA, NACHO —LE GRITO—,
¡MIRA MI BICI!
LA MAMÁ DE NACHO
PASA DE LARGO CONDUCIENDO.
LES DIGO ADIÓS CON LA MANO.

LOS COCHES QUE VAN
DETRÁS DE NACHO
TIENEN QUE PARAR.
EL MUÑECO DEL SEMÁFORO
SE PONE VERDE.
PAPÁ Y YO CRUZAMOS LA CALLE
POR EL PASO DE PEATONES.

CUANDO LLEGAMOS AL OTRO LADO,
PARO LA BICICLETA Y ME BAJO.
UNAS FLORES PRECIOSAS
CRECEN EN EL CÉSPED.
PAPÁ ME DEJA COGER ALGUNAS.
SON PARA LA ABUELA.

TENEMOS QUE CRUZAR
OTRA CALLE Y YA ESTAREMOS
EN CASA DE LA ABUELA.
AQUÍ NO HAY SEMÁFORO,
SOLO UN PASO DE PEATONES.
PAPÁ MIRA HACIA AMBOS LADOS.
YO MIRO TAMBIÉN. Y CRUZAMOS
CUANDO NO PASA NINGÚN COCHE.

YA VEO A LA ABUELA
DELANTE DE LA VENTANA.
"RING, RING", HA OÍDO MI TIMBRE
Y ME HA VISTO LLEGAR.
—¡HOLA, ABUELA! ¡MIRA QUÉ BIEN
MONTO EN BICI!

LE DOY LAS FLORES
QUE HE COGIDO.
LA ABUELA ME ABRAZA
Y ME DA UN BESO.
—¡MUCHAS GRACIAS, CIELO! —DICE—.
¡QUÉ BIEN MONTAS EN BICI!
¡ERES UNA CAMPEONA!